꽃의 인사법

황금알 시인선62
꽃의 인사법

초판인쇄일 | 2012년 11월 15일
초판발행일 | 2012년 11월 30일

지은이 | 서동안
펴낸곳 | 도서출판 황금알
펴낸이 | 金永馥
선정위원 | 마종기 · 유안진 · 이수익 · 문인수
주 간 | 김영탁
편집실장 | 조경숙
표지디자인 | 칼라박스
주 소 | 110-510 서울시 종로구 동숭동 201-14 청기와빌라2차 104호
물류센타(직송 · 반품) | 100-272 서울시 중구 필동2가 124-6 1F
전 화 | 02)2275-9171
팩 스 | 02)2275-9172
이메일 | tibet21@hanmail.net
홈페이지 | http://goldegg21.com
출판등록 | 2003년 03월 26일(제300-2003-230호)

값 8,000원

ISBN 978-89-97318-29-2-03810

꽃의 인사법

서동안 시집

황금알

시가 아니면 그 무엇도 새롭지 않던 시절이 있었다.
무언가를 쫓는 듯하면서도 쫓기는 심정으로,
그로부터 얼마를 흘러왔는지 아득해진 나는 그 사이
터무니없이 진부해지지는 않았는지 조심스럽다

산마을에 살면서 자연이나 일상의 주변으로부터
감흥에 취해 써왔던 글들인데
말의 수사에 그치지 않았는지 부끄러울 뿐이다.

이 시집을, 나를 믿어 준 가족들과 살아계실 때 시를 쓴다고
떳떳하게 고백하지 못한 아버님의 영전에 바친다.

2012년 가을
서동안

차 례

1부

2부

3부

1부

꽃의 인사법

꽃들이 쏟아진다
한바탕 벌려 놓은 잔치 무르익을 때
움돋기 시작하는 나뭇잎 푸르르 몸을 떨면
땅으로 귀환하는 꽃잎에서
꽃의 문장이 새어나오곤 했는데
제 한 몸조차 가눌 길 없는 민들레 씨앗들
햇살이 닿기도 전에 일제히 날아올라
어디든지 내려앉으면 튼튼히 뿌리박고 사는
이방인인 것을
봄을, 기호처럼 새겨 넣은 DNA
원래 하얀 꽃이었다, 민들레는
눈길을 얻기 위해 선택한 노란 꽃이 아니던가
지상의 저녁 한때
어떤 씨앗은
미리 가서 저승의 안부를 묻기도 하지만
받아들이는 것은 땅의 몫
오래 길들여진 습관처럼 꽃은
바람을 치받아 오르는 사무치는 인사법을
오늘도 맹연습 중이다

목련꽃 단상

봄 오시는 골목길
알 수 없는 설렘으로
사부작사부작 몸 짓는 소리에
가만히 열리는 귀

겨우내 고통스러웠던 내 안의 소리일까

찬비에 씻긴 순한 나뭇가지
봄으로 귀환을 서두르며 좁은 공간 어디에도
자리내어 허공을 들인다

그럴 것이다 목련은, 허공으로 날아오르기 전
아무도 눈뜨지 않은 꼭두새벽
목 길게 늘어뜨리고 돋아낸 저 흰 날개들은
암울한 시기에도 사랑법을 익혀 왔을 것이다

봄 오시는 골목길
고요 속을 혼자 걸으면
문득문득 발길을 세우며

담장 안쪽에 환하게 피워 내는 그리움
얼핏얼핏 귀를 열고 온다

아카시꽃

더러 밤길을 터덕거리고픈 날
안개로 떠다니는 섬 같은 향기
턱밑까지 그윽이 밀려와 넘실넘실 차오르면
흰 그리움으로 흔들리며 피는 꽃

그리움도 비워야 채워진다
그리움도 비워야 채워진다
수없이 다짐하다가 떨어지는 꽃

마음을 밀어 낸 다음에야
거울 속 자화상처럼 투명해지는 것을
한때 꼬투리 속에서 꼬들꼬들 말라 가며
까만 씨로 길들여지기까지 지독한 슬픔도 있었으니

꿈결 같은 이승으로 살그머니 돌아와
오직 봄밤을 위해
향기 반 빛깔 반 내려놓고
돌아갈 채비 서두르는 흰 꽃송이
어둠 속에 그리움 내려놓는 거기 어디쯤
내 그리움도 묻혀 놓고 싶다

매화가 있는 풍경

혹독한 세월의 편린 풀어 놓는 거기
산굽이길 후렴처럼 매화가 피어 있다
바람이 꾸물대는 안개를 후후 불어
산골짜기 깊고 은밀한 곳으로 밀어 내면
어두운 빛을 지우고 살아 오르는
환하고 둥근 불꽃처럼

도공의 눈 속까지 피는 매화
천 년 전부터 끼니 걱정도 잊고 지내며
저 만고의 향기 지어 놓은 흙의 기억은
어떤 질량으로 다할 수 있을까

보리쌀 서 말에 시집 온 가난한 새댁이
마침내 한 끼의 쌀밥을
눈물이 나도록 맛있게 먹는 듯한, 소담한 자태를
햇살에 담아 놓은 저 눈부신 광경은
굽은 등으로 지어 놓은 도공의
천의무봉한 숨결인 양
세월의 후렴처럼 도란도란 말을 건네고 있다

밤꽃

지독한 울렁증이
불협화음으로 뜨겁게 달아오르는
유월의 골짜기에
별을 뿌려 놓은 듯 밤꽃이 피었다
잠 못 이루는 여인의 심장 위에
하늘하늘 피워 낸 꽃인가
가끔은 달빛을 유혹하지만 너무 멀어
골짜기만 파다하게 유혹해 놓고
유혹을 견디지 못해
그 밤도 세찬 비바람이 몰려왔다
비바람이 세찰수록 오히려 당당한 꽃
밤새 폭풍우 지나간 아침
햇살 받으며 생기 얻은 꽃
밤나무 아래 지나며 밤꽃 여인을 바라보며
혼자 중얼거린다
나도 사내인데

숨막히는 봄

수만의 바람결이 그토록 애원해도
끝내 열지 않았으나
아, 눈먼 그리움은 어쩌지 못해
가슴을 열었어라

목련 몸푸는 꽃잎 위로
징검징검 건너뛰던 애기바람
이웃집 개나리꽃도 가난한 종소리에 발목 잡혀
오도가지도 못하고
새움 돋는 라일락 가지만 골고루 쓰다듬는 오후

괜찮다, 괜찮다 하면서도
푸른 언어를 잃어버리고
햇살로 걸러 낸 삶의 순간들을
낱낱이 손으로 주워 담으며
한 번 열린 꽃잎

옥양목보다 더 희디흰 속살을
내 마음에 얼비치는 한나절

목련 그늘 모서리 부딪쳐
퍼렇게 멍들어 혼자 빠져나가는 골목길
숨이 막히다, 지금

안개꽃 한 다발

안개꽃 한 다발 그대가 건네 준 마음
가만가만 열어 보니 물안개 피어나는 아침 안개처럼
날아오르는 작은 꽃송이 송이마다
수많은 그리움을 수놓고 있다
나 지금 그대의 안개꽃 한 다발 속 묶음으로
아침도 이른 안개에 싸여
안개 낀 비탈길 힘겹게 오르며
긴 터널을 혼신의 힘으로 지나는 중인데
안개꽃 그대 어디 있는가, 수줍어 돌아선 그때
나비처럼 훨훨 날아 다시는 돌아오지 않겠다던
그대의 꿈 심어 주지 못해
삶의 오르막길에 숨도 쉴 수 없이 헉헉거리면
송이, 송이마다 번지는 헤일 수 없는 얼굴들
안개 너머 안개길을 벗어나면
우화되어 날아가는 꿈이 있으려나
지하 세 평짜리 푸른곰팡이로 벽화를 그리는 단칸방은
더욱 짙은 안개에 갇혀
안개꽃 한 다발 없이 안개꽃 속에 사는 것을

수선화 새싹

봄이 강을 건너려다
건들거리는 바람에 기우뚱
강물에 빠지더니 겨울 낚시에 걸려 버둥거린다

작년 가을 누이의 텃밭에서
가져온 구근 까맣게 잊고 있었는데
방 한 구석 분 지어 놓으니
뺨 비비며 배시시 기지개를 켠다

머지않아 강남에서 돌아올
제비 부리를 닮은 수선화 새싹
지금 화분 속에서 무슨 꿈을 꾸고 있을까

오랜 기다림의 세월 빌려 주고
버들강아지에 구출되어 강물 밖으로 길을 나서는 봄
표면은 팽팽한 긴장감으로 출렁이는데

돈이면 안 되는 게 없다는 요즘
어느 사이 수선화 새싹이

제비부리 같은 주둥이를 열고 짹짹거린다

건방 떨면서

햇빛 가리지 말고 얼른 비켜나라고

갈대의 소묘

그것은
마음대로 되는 것은 아니었습니다
노을빛 두꺼워진 강가
새벽 비에 쓰러진 갈대를 보았을 때

한 허리 휘어져 강바닥에 누워
물 속에 뿌리를 박고
강가의 배경을 벗삼아
물소리라도 그려 내야 직성이 풀리는 듯
하늘가로 되살아나기를 기다리고 있었습니다

말라 가는 줄기와 잎 새에
물길을 내려고 신경이 예민해진
그의 내부를 들여다보기 위해
조심스레 껍질을 두드려 보았지만
바람이 올 때까지는 빗장을 풀어 줄 수가 없다고

달빛 가득 쏟아지는 강어귀에 앉아
강물에 빠진 달의 거친 숨소리를 그리며

하얗게 몰려오는 바람을 설득하는데
쓰러진 갈대가 부스스 일어나
하얀 춤을 추고 있었습니다

정신 혼란하여 그만 춤을 멈추라고 고함을 질러도
그것은 마음대로 되는 것이 아니었습니다

산국山菊을 만나다

점점이 깊어 가는 늦가을
빛 부신 산굽이 어디쯤에서
산국山菊을 만난다

기다리다 지친 여인의 눈물이
체념으로 말끔하게 쓸고 닦은
외돌아간 모퉁이 산그늘에

제 사연 말로 다하지 못하고
저 혼자 외로움을 그리다가
호젓한 산길에 주저앉아

국화잠菊花簪 뽑아
머릿결 풀어 헤치는 여인이
가슬가슬 야윈 몸짓으로
무심한 그리움을 찬서리에 묻고 있었다

달맞이꽃

아직 체온이 마르지 않은
꽃씨를 한 움큼씩 뿌려 놓고
촛불을 꺼뜨리며 기다림을 알게 한
골목길 달빛을 기다린다

희미한 그리움이 저벅저벅 걸어와
별빛을 주워 먹으며 허기를 면하고
그 속살을 걷어 내는
갈비뼈 마디마디 저미는 아픔으로

한생을 다해
제 살 깎아 먹고 자란
보름간의 사랑도 놓아 버린 강가에
어느 연인들의 이야기가
밤마다 꽃으로 피어난다지

달빛 받아
그리움이 더욱 하얗게 바래 갈 때
벽에 걸린 시간을 한 삼십 년 뒤로 밀어 내면
마르지 않은 체온 달맞이꽃으로 피려나

안개 저켠에

아침 산책길
몸을 풀어 내듯 들길로 나가면
시야의 초점이 스스로 거두어지는 저편에
홀연히 서 있는 사람

햇살 부서지면
회색 그리움이 스스로 깊어져서
한 가닥 아득한 자취로 노 젓는다

안개 속에서 저만치 서성이다가도
맑은 햇살 들면 왜 떠나는 것일까
어느 결에 구절초 향기 뒤덮인 산길 휘어 돌아간다

다가가도 좁힐 수 없는 간극에서 떠도는
내 미혹한 기다림을
아직도 그리움이라고 말해야 하나

바람꽃

그리움의 간격을
바람으로 좁혀 놓고
누가 나를 부르는 걸까

사람 사는 일이란
꽃잎들 부딪쳐
흔들리며 노래하는 것

바람만이 손 내밀어
상처를 달래 줄 수 있고
바람만이 그 가슴에 꽃피울 수 있기에

끊임없이 귀 기울이는 선율은
내가 당신 쪽으로 흘러 보낸 그리움의 씨앗들이
그대 손에 발아의 지점을 찾을 때까지

이 계절이 가기 전에
배꽃 나직이 휘날리는 곳으로
다가가리라

저 허공에 돋아난 대공들
헐거워진 물관을 타고
손길 닿을 때마다 바람꽃 피우리라

금낭화

요즘 같은 세상에
순정이 어디 있겠느냐고
하지만 옆집 장독대
물동이 깨진 옆에서 분명 보았다

새벽같이 몸단장하고
사분사분 아침 준비하던 그 여자
이슬 미처 마를까 봐
새벽도 이른 세수를 하고

분홍 립스틱 옅게 바른
입술 사이로 언뜻언뜻 내비치는
미백의 치아 부끄러운 듯
늘 땅만 바라보고 사는 그 여자

어느 세월에
임의 품에 안기어
굽은 허리 쭉 펴고
하늘 한 번 바라볼 수 있으려나

탈출을 꿈꾸는 춘란

솔바람 부는 숲에서 푸른 꿈에 젖어 있다가
새벽도 이른 시간에 느낌 없이 쳐들어온 불도저에
정신없이 쫓겨나느라고 신발 한 짝도 챙기지 못한 채
겨우 몸뚱이만 빠져나온 철거민처럼

어느 날 누군가 불쑥 찾아와
가난한 몸뚱이를 무 뽑듯이 쑥 뽑아 올리는 바람에
잠시 기절하였다가 삼 일 만에 깨어난 창가
솔바람 한 점 흐르지 않고 산새 날갯짓도 보이지 않는다

간간이 불어오는 바람이 창문에 달라붙어
숲의 이야기를 들려 주었지만
유리창은 웅웅거리는 소음으로 귀만 먹먹할 뿐

천막 속 잠들어 있는 아이의 얼굴을 들여다보며
겹겹이 둘러친 재개발 간판에 엄습해 오는 새벽의 공
포보다
축축한 물기가 있는 흙이 그리웠는지도 모른다

콘크리트 건물들이 빽빽하게 들어선
한 뼘도 안 되는 작은 숲을
살기 좋은 온실 속이라고 하지만
맑은 영혼까지 살라먹는 인간의 거리를 지나
차라리 나를 불타는 사막으로 보내다오

조용한 탈출을 꿈꾸는 것도 죄가 되지 않는다면
진정 내 살던 곳으로 보내다오

담쟁이처럼

오뉴월 따가운 땡볕을 무릅쓰고
저 아찔한 벽을 오르는 담쟁이
등줄기에 소나기 한 차례 퍼붓고 지나간다
그럴수록 살아야겠다는 집념으로
두 손 꼭 움켜쥐고 푸른 길을 찾아간다
저 담장 넘어 꿈꾸는 세상이 있겠지
희망을 깁듯이 한 땀 한 땀 오르는 생의 여정에
어느 사이 정복되는 담벼락
천천히 걷는 자가 더 멀리 간다던가
몸은 느리어도 밤낮 없는 행군으로
마침내 점령하고 말겠다는 듯
비록 눅눅한 지하 셋방에서 탈출을 꿈꾸지만
생을 불태워 높다란 빌딩을 오르려는 당찬 야심으로
담쟁이와의 푸른 교신이 오늘도 이어진다

2부

하나씩 쌓아 올린 이야기

돌멩이 한 개씩 던져서
켜켜이 쌓아 올린 서낭당 돌무더기
가슴 아픈 소원들이 너무 많아
어떤 소원부터 들어 주어야 할까
세상에는 이루어야 할 소원도 많고
버릴 소원도 많지만
지은 죄만은
천지신명께 빌어 꼭 용서받아야 한다고
참외 서리했던, 날 대신해서
두 손 모아 손자의 죄를 빌어 주시던 할머니
돌멩이들이 저희들끼리 하는 말
진짜로 죄 많은 놈은 코빼기도 안 보이더라
밤새 퍼부어대던 장맛비도 그치고
동구 밖 서낭당에 하나씩 쌓아 올린
채워지지 않는 이야기들이
돌무더기를 껴안은 체
흙 속으로도 뿌리 내리지 못한 소원들이
어느 세월에 하늘에 닿을 수 있을까
서낭당 나뭇가지에

울긋불긋 천 조각처럼 걸린 마음
그 밤 내내 울고 있었다

두부를 먹다가

눈이 내린다, 소주 한 잔에
김이 모락모락 피어오르는 두부에
김치 한 가닥 올려놓으면
울어머니의 한평생이 김치 가닥처럼 펼쳐진다
구두쇠 남편에 한없이 쪼들리는 생활이었기에
육남매 학교 갈 때마다 돈 달라고 손 벌리면
엊저녁에 미리 얘기하지 아침에 꼭 그런다고 나무라시며
앞집으로 뒷집으로 아침 골목을
무명치맛자락으로 쓸고 다니시던 어머니
자식들 장성한 뒤에도 같이 사시자고 하면
도시에서는 답답해서 못 사신다고 손사래 치시기에
어머니 편하게 사시라고 밭을 팔았더니
논두렁 좁은 길에 씨를 심어 수확한 노란 콩
설밑에 마당에 무쇠솥 걸어
장작 연기에 서러움인지 기쁨인지 피워 내는 눈물로
삭정이로 남은 추운 겨울도 마다 안 하시며
두부를 만들고 계셨다
억눌리고 억눌린 어머니의 시간들이
자식들 사이사이 틈새를 채우고

짧은 겨울 햇살이 쇠잔해 갈 무렵
마디마디 콩알처럼 단단하게 굳어진
어머니 손에 응고된 두부 한 모 온기 가득하다

급체

손톱 밑을 바늘로 찔러 피를 냈다
명절날 흰 쌀밥에 쇠고깃국 배 불리 먹고
그만 체한 것이다

배가 돌덩이처럼 단단해지자
할머니는 허겁지겁 쫓아와
내 손이 약손이지 내 손이 약손이지
쓱쓱 배를 문지르시고

손톱 밑 죽은 피를 얼른 뽑아야 한다고
어머니는 바늘을 챙겨 오셔서
들숨과 날숨 조절만 잘해도
살아가는데 지장이 없다 하시며
토닥토닥 등을 두드리는 손

소찬을 먹고 체해도 뭉그러지게 아픈데
수백 억을 통째로 삼켜도 체하는 놈이 없으니
좋은 시절이라고 말을 하건만
눈 멀고 귀먼 세상으로 변해 가고 있어

마음의 체기가 목울대까지 치민다

어젯밤 회식 자리에서 세상을 들추다가 건드린
비위 때문인지 명치끝이 먹먹하다
꼭두새벽부터 완두콩을 따러 가셨는지
어머니는 집안 어디에도 안 계시고
울장미를 꺾어서 손톱 밑을 찌르는데
체증은 가시지 않고 손가락만 욱신거린다

불쏘시개

방 한 켠
수북하게 쌓여 있는
내 마음의 쓰레기통
오늘은 작정했네
모두 깨끗이 비워 내기로
책상 위에 올려놓고
요걸 버릴까
저걸 버릴까
이리저리 뒤져 보는데
"큰애야, 불싸개할 것 없냐?"
때맞춘 어머니…
요것은
다음에 한 번 더 써도 되겠구나
저것은 아직 쓸 만한데
누구를 줄까
손끝으로 집어 내지 못하는 갈등들
막상 버리자니 아깝고
쓰자니, 쓸 곳도 마땅찮은
내 마음의 쓰레기들

마당에 걸린 무쇠솥에
시래기 삶고 계시는 어머니께서
불쏘시개를 찾으시는데

수북하게 쌓여 있는
내 마음의 쓰레기통
오늘은 작정했네
모두 깨끗이 비워 내기로

쓰레기통
책상 위에 올려놓고

산골짜기 빈집

산골짜기 빈집 한 채
멧새들이 놀다 가는 곳
따뜻한 심장 빠져나간 그 후
긴 겨울잠에 들었다
가끔 바람 지나가는 소리 들렸으나
자취 보이지 않고, 어젯밤
마실 다녀간 산토끼 발자국만 선명하다
그 집 살던 사람들은 언제부턴가
마주보는 양지쪽에 영면의 거처를 마련하고
영원한 겨울잠에 들었지
하늘로 오르지 못한 죄 많은 영혼들은
날마다 이승의 삶을 참회하면서
처마끝 고드름으로 맺히고
섬돌 위 낡은 검정 고무신 두 켤레
주인 없는 빈집이 그들 세상이라고
짧은 겨울 햇살과 노닥거리는 한낮
눈을 따라가서 눈으로 보는 산골짜기
빈집 지붕 위에
희미한 낮달 하나 걸려 있다

아내가 잠든 밤

겨울밤의 산마을은
추위가 뼛속을 헤집는다
아내는 전기장판 꽂아 놓고
텔레비전 보다가 깜빡 잠이 들었다
냉기로 가득한 밤
아들 장가보내는 꿈을 꾸는지
로또 복권 당첨되는 꿈을 꾸는지
주름이 쪼글쪼글해진 얼굴에 미소가 번진다
평생 고생 안 시킨다고 큰소리쳤는데
어느덧 희어진 귀밑머리
살며시 이불을 덮어 주고 마당에 내려서는데
성근 눈발이 이마에 얹힌다
처녀 시절 맑고 고운 눈을 닮은
눈을 생각한다
이 눈은 시리지 않고 온기 가득하다
사라진 아내의 시간 속으로
이불처럼 덮이는 겨울밤의 고요가
가슴을 밀친다

낡은 슬레이트집

그 슬레이트집
뒤뜰에 할머니 나이보다
더 오래된 호두나무가
호두알을 주렁주렁 품고
곤히 잠이 든 한여름 밤
지나가던 바람이
삐걱거리는 대문을 두드리면
행여 자식들 휴가라도 왔을까 봐
잔기침 소리 내시는 할머니
이제는 빈 껍질만 남아
쭉정이 가슴 열어 놓고
창문으로 새어들어오는 달빛 벗삼아
딱딱한 등걸로 드러누워
오래된 사진틀에
자식들 얼굴 하나하나 그려 넣는
푸른 나무 고목이 되어 버린
세월 저편이 서럽다

검은 나비

치악산 첩첩 산골
한 무리의 검은 나비
산골 외딴길에서 군무를 한다

카메라를 바짝 들이대니
내 눈 속으로 빨려들어온 나비 떼
나비들은 작은 웅덩이에
물기가 있다 싶으면
언제고 날아와서 웅성거리다
산그림자 날개에 싣고 사라진다

평생 소주를 좋아하시던 할머니 돌아가셨을 때
어머니 가슴에 달았던 영정 리본
그 길에서 만난 검은 나비를 닮았다
내 전생의 인연으로
이 깊은 산중에서 만나는 것은 아닐까

카메라 동공을 확대시키면서
할머니와의 인연을 담아 낸다, 나비 날아간다
카메라엔 나비가 없고

예전에 그랬듯이

십리길 초등학교 가는 등굿재
덤불 속에 박새가 집을 지었다
털보숭이 새끼들이 어미의 기척을 들으면
서로 먹이를 달라고 짹짹거린다

나는 오늘도 학교를 간다
아버지는 괭이 들고 여시바우골 논으로 가고
어머니는 호미 챙겨 들고 막걸리 한 주전자 숨겨 놓은
범청골 콩밭으로 간다
읽고 쓰고 공부만 열심히 하라시던 아버지
논밭 갈고 씨 뿌려 김매고 잡초 뽑는 일은
당신들이 하신다고

이제 나는 자가용 타고 출근을 한다
아버지는 지팡이를 짚고 마을 앞 모정으로
어머니는 구부정한 허리에 복대를 차고
뒷집 큰이모네 집으로 모닝커피 마시러 간다
지팡이 자랑, 복대 자랑 하시러

어느 시절에 그런 날이 있었는지
손금이 다 닳도록 땅을 일구어 자식들을 키웠건만
여섯 자식들은 날개 달린 새처럼 날아가고

두리번거리던 새 입에 문 벌레 한 마리
얼른 새끼에게 먹여 주고
배설물을 입에 물고 날아간다
새끼들도 훗날 저처럼 날아가겠지

낡은 호미

한 골 한 골
봄 햇살에 멍에 씌워
산비탈 밭이랑을 짓는다

풀 잣는 호미 사이로
이리저리 빠져나가는
각종 씨앗들

그 틈새 비집고
자식들마저 썰물처럼
빠져나가 버린 묵정밭을 일구며

두 늙은이
고래등 같은 푸른 기와집
어느 꿈결에서 지어나 볼까

애저녁이 돌아오면
봄 햇살보다 짧게 닳아 버린
낡은 호미 끝이 바쁘다

쑥떡을 기억하며

냉동실 문을 여니
툭하고 무엇인가 떨어진다
살펴보니 작년 봄에 어머니가 보내 준
여린 쑥 뭉치였다

쑥 돋아난 이랑 너머 종달새 난다
그 작은 날갯짓에 쑥 이파리 파르르 떨고
어머니 손끝이 닿을 때마다 쑥 향기 가득하다

어느 시절인가
마이산에 친구들이 놀러 왔을 때
백팔계단보다 더 많은 계단을 밟고
머리에 이고 오신 쑥떡 한 광주리
조청에 달게 찍어 먹은 뒤부터 봄이 되면
내 뱃속에는 온통 파릇파릇한 쑥밭이 자란다

이제도 봄이 먼빛으로 보일라치면
갓 뜯어 낸 쑥들이 푸른 속살 후비는지
쑥떡 먹은 날이면 당신이 이고 오신 광주리 안에서

종달새 작은 날갯짓에
쑥 이파리들이 파르르 떨고 있다

홍시 유감有感

가지 끝에 매달린 감들이 석양빛보다
연지곤지 찍은 새색시 홍조 띤 얼굴보다 곱다

별빛 총총한 밤
어둠의 술래 같은 눈을 감고
할머니 무릎에 누우면
성황당 돌무더기보다 더 많은 옛이야기 속에서
오만가지 맛있는 음식들이
화수분처럼 쏟아져 나오지만
할머니 몫으로 남겨진 홍시 맛만 할까

연둣빛보다 해맑은 감꽃 시절
아침이면 잰걸음으로 꽃을 주워
무명실에 짓던 목걸이는 어린 그리움의 징표였다

꽃 지고 열매가 무르익어
잎새 떨구는 저녁
홍시 몇 개 꺼내 놓고
내 삶의 고비마다 쓰린 눈물 닦아 주던

할머니 생각에 황급히 창문을 연다

그 밤들의 기억이
달빛에 젖어 하얗게 일어서는데
가지 끝에 홍시 두어 개 남겨 놓고
빈 바람만 휑한 할머니의 창문을 닫는다

어머니의 가을

갓 길어 올린 아침이
늙은 햇살 등에 업고
자분자분 걸어가는 허리 굽은 가을날
어머니의 하루해가 짧다

자식들은 먹고 살기 바빠
달포가 재우도록 소식도 없는데
자식 챙겨 줄 몫 짓는 어머니
굽은 허리에 손바닥은 갈라지고
한평생 자식들 등에 업고 살아온 몸은 천근만근
수분 빠진 뼈마디 깃털처럼 가벼워라

가난은
철학을 낳는다 했던가
누가 물으면 마지못해

"아, 그랑께 말도 하지 마
돌아보면 나 살아온 시상이 징그럽당께
볏짚 묶듯이 책으로 맨들면

한 열 권은 맨들 것이구만"

이 가을 내내 뙤약볕에서
어머니는 그렇게 짚을 묶고 계신다

출근길에

떠나가면 그만인 것을
죽어서도 무슨 인연들이 그리 많은 것일까
덕유산 드렁칡에 얽혀 있는 무덤들을 본다

태어난 순간부터 저승 가는 기차는
일초의 머뭇거림도 없이
나를 향해 전속력으로 달려오고 있다

나도 한때는 초고속으로 달렸지만
점점 속력은 떨어지고
언제 목덜미를 잡히게 될지 몰라 자꾸 돌아본다

언제 어느 역에서 나를 싣고 떠나게 될지
여름 휴가처럼 가고 싶은 곳을 정해 놓고 떠나듯이
천국과 지옥, 연옥 마음대로 골라 탈 수만 있다면

공동 묘지를 보니 가슴이 서늘해진다
요즘은 속세의 인연들이 죽어서까지 엉키기 싫어서
무덤을 만들지 않고

한 줌 재가 되어 후루룩 날리는 것을

다만 바라는 것은
날 싣고 갈 기차가
최대한 느릿느릿 달려와 주기를 바라며
출근 속력을 느긋하게 줄여 보지만
뒤따라오는 차는
무엇이 그리도 급한지 빵빵거린다, 앞서 달리고 싶다고

그 섬에 가면

각시가 죽겠다고 진통을 하니께
서방이 태풍 몰아치는 그 밤에
의사 데불로 뭍으로 갔다지

식구 많은 가난이 징그러워
아들딸 구별 말고 하나만 낳아 잘 기르자는
서방 말을 들었으면 이 사단은 안 났을 것인디

하나는 외로워 둘은 있어야 한다고
각시가 끝까지 우겼다면서
미역국 끓이는 아궁이에 활활 타오르는
시뻘건 불꽃이 영락없이 동백꽃을 닮았다

영물시런 저 가시나가 웬수여
그랑께 나올 때도 안 되었는디
해필 바다가 성이 나던 날 나온다고

난리를 치 갖고
지아비 잡아먹은 것이여

한이 맺힌 여인의 통통배 타고

그 섬에 가면
날마다 아이를 잉태하는 동백나무에서
애린愛鱗 한 송이 뚝 떨어진다

싸리비를 만들면서

하릴없는 날
앙탈을 부리는 겨울을 쓸어 낼 요량으로
낭창낭창한 싸리나무 몇 개 잘라
양지마당에 앉아서 빗자루를 맨다
눈치 없는 길고양이
슬금슬금 양지쪽으로 다가와
뜨락 한 귀퉁이에서 졸음 모은다
빗자루 휘둘러 쫓아 버릴까 하다가
가끔 어머니 눈칫밥 얻어먹는 것도 안타깝고
흑묘든 백묘든 쥐만 잘 잡으면 된다
라는 말이 생각나서 가만히 두고
마당을 쓸어 본다
제법 눈이 잘 쓸린다, 티끌도 잘 쓸리고
"저놈의 고양이 쥐도 못 잡으면서 또 왔네!"
"야야, 고양이 얼른 쫓아 버려라"
어디 쫓아 낼 것이
밥값 못하는 길고양이뿐이랴

아버지의 발자국 소리

허리 질끈 동여맨
가을 산이 처마 끝에 걸렸다
(큰 소리로)
아버지~ 시제時祭 모시고 왔습니다
응~ 초상 치르고 왔다고?
누가 죽었는데~

아버지 발자국 소리에
푸르던 산이 불그스레 물들어 가는 오후
등 굽은 세월이 산자락에 떨어지는
노을빛까지 끌어당겨
나뭇잎 지는 소리까지 들었던 아버지의 귀에는
이녁의 소리를 지워 내는 시간들이
시냇물처럼 흐르고
아버지는 가을을 듣지 못한다

환갑이 지날 무렵인가부터 보청기를 끼어야 하셨던
그래서 사람들의 입모양을 보고 말을 알아듣는
청각 장애인 아버지는 눈으로 계절을 보신다

잠이 안 오는 밤이면
미리내 강물에 물감 풀어 그림을 그리신다
마른 빛은 갈대꽃으로 그리고
남은 물감에는 벼꽃 한 줌 따 넣어서
휘저어 마시는 논가 어디쯤

낡은 지게에 짊어지고 온 삶의 무게만큼
짓눌린 아버지의 발자국 소리가
갈대처럼 말라 가고 있었다

푸념

내가 모르는 언어로 대답하지 마세요
어제는 양귀비꽃이 나를 닮았다고 만취하시고
오늘은 이팝이가 하얀 손수건을 까닥거리며
딱 한 잔만 하자고 졸라서
딱 한 잔밖에 안 드신 술인데 노래방까지 가셨군요

미안한 듯, 한번만 봐주라는 듯
제발 그런 눈으로 바라보지 마세요
어제는 친구 손자 백일이었고
오늘은 삼 년 전에 돌아가신 친구 모친이
엊그제 환생하셨다가 갑자기 세상 떠나셨다고요

아예 밤샘하고 곧바로 출근하세요
음주 단속 걸리면 벌금이 많이 나오잖아요
절대로 돈이 아까워서가 아니에요
동지섣달 기나긴 밤은 참을 수가 있어도
삼진 아웃되는 당신은 봐줄 수가 없을 것 같군요

날마다 당신의 찬란한 변명에

눈높이 맞추어 사는 나는
조바심으로 버틴 한 가슴 이미 다 타 버리고
반쪽 남은 심장으로 술 푸듯 읽어 가는 고뇌인데
누가 당신에게 묻거든, 제발
내가 알아들을 수 있는 언어로 대답해 주세요

아침 산책길에서

얼음장 아래
아장아장 흐르는 냇물이
바깥 물정을 어찌 알겠느냐만

용소막 냇물이
덕유산 아침 햇살 등에 업고
그림자 따라 산책 가는 길

콩쿨다리 건너
깃대에서는 산불 조심이 손을 흔들고
마을 앞 느티나무
왼손으로 꼰 새끼줄로 질끈 허리 묶였는데

누군가 내다 버린 소원들이
워낭처럼 매달려
밤새도록 울었는지 목쉰 바람 소리를 낸다

아직 건너오지 못한
아련한 봄볕 덮어 두고

입춘 들판에 얼얼한 바람만 총총거리는데

뛰어도 제자리걸음인
나를 돌아보며
새치 늘어만 가는 내게 누구냐고 묻고 있는데

까치 두 마리 허공에 긴 울음 남기며 난다
좋은 소식이라도 있으려나
하늘이 하얀 안개를 지우고 있다

하루

새벽도 이른
골목길 빠져나가면
꺼져 가는 가로등 불빛 아래
옹기종기 서 있는 사람들
눈짓으로 인사 건네고 말없다
또 하루 팔려나가 헤매는
아득한 삶의 골짜기
회색 먼지바람에
간들거리는 고층의 난간들이
메이커 신발 사달라는 철없는 아이의
어깨를 토닥인다
날마다 되풀이되는
주소도 없는 변두리 땅 속
푸른곰팡이가 벽화를 그리는 단칸방에
우수수 부서지는 꿈들의 내일이
평생을 살아도 지을 수 없는
내 건물에 버젓이 명패를 달고
곤히 잠든 아이들의 얼굴을 보면서
또 다른 새벽이 눈을 뜬다

밭길을 가면

덕유산 등줄기 내려 뻗다
갈비뼈 하나 얻어 쉬어 가는 거기 돼지골
산비탈 묵정밭 일궈 감자를 캔다
외할머니 손톱 다 닳도록 비알밭 일구어 놓고
하늘 가신 노루목 바라보면서
대물림받은 그 밭에 어머니 씨감자 놓는다

딱딱하게 굳은 자갈밭을
진종일 풀 뽑고 흙을 일구며
이 고랑 저 고랑 옮겨 앉다 보면
어느새 고랑은 길이 되고
이리저리 어루만지다 보면 비탈진 밭도
편편하게 자리잡는다

그렇게 지어 낸 감자 농사
돌에 치어 크지 못한 잘잘한 감자가
외할아버지 지게에 가득 차면
졸래졸래 뒤따라가는 석양 꽁무니 따라
외할머니의 길이 따라오고

길이야 따라오든 말든
이제 어머니는 징한 세월 잘라 내고
오늘도 나를 부르며 앞서 가신다

유리창 밖 풍경

나뭇잎이 물들어 내린다
층계를 나누어 유리창으로 들어오는 저 고운 빛깔
제 집으로 돌아가기 전
영상의 자막처럼 보여 주는 것일까

어린 시절
하루도 바람 잘 날 없던 집
어느 한 모서리가 무너져도 그러려니 했는데
이제는 집 나간 식구들 사진틀에 걸어 놓고
조석으로 바라보며 주문 외우듯
이야기 나누시는 어머니

지난 추석
종갓집으로 시집간 누이가
삼십 년 만에 어렵게 시간을 내 사다 준 붉은색 상의를
횃대에 걸어 놓고 맏딸이라고 소홀했던
지난날이 원망스러워
복을 빌어 주시는 어머니

햇살 쨍쨍했던 유리창엔
응석부릴 틈도 없이 자라야 했던
철없던 생각들이 착 달라붙어 꿀벌처럼 윙윙거리는데
한 무리의 참새들이 날아와 빨랫줄에 내린다

햇빛 속 단란함으로 조잘거리는 동안
유년으로 뛰어가는 저 유리창 밖 풍경

김 씨

간간이 개 짖는 소리에
민감해진 두 귀를 쫑긋 세우는 김 씨

소리의 파장은 벽에 부딪히지만
두꺼운 벽을 뚫지 못하고
여전히 시장 한 모퉁이에 나동그라진다

허름한 그 벽에 바짝 붙어서
오늘도 둥근 틀 안에 갇혀 붕어빵을 굽는 김 씨

지나가는 사람들 발걸음 소리에 귀 기울이며
주머니 속 집히는 감촉의 손으로 하루를 셈한다

어머니 약값이며 밀린 월세 생각하다가
온 식구가 단칸방에서 지지고 볶던
어릴 적을 떠올리며 급하게 달려간다

입고 먹을 것만 있으면 행복했던 시절
한뎃잠 피할 방 한 칸만 있으면 넉넉했을 젊은 날

한겨울도 걱정 없던 말랑말랑한 기억들이
쨍그랑 동전 떨어지는 작은 파장에도 귀 쫑긋거리고
마을 앞 개울에서 붕어를 잡던 시절을 떠나와

오늘은 길가에서 붕어빵을 건져 올리는데
멀리서 개 짖는 소리에 흠칫 놀라 일손을 멈춘다

출근, 농공 단지 옆을 지나다

구불구불 고개 넘어
내려오다 왼쪽의 작은 산들을 본다
논과 밭도 보인다

영원히 산과 논과 밭으로 남아 있기를 바랐어
출근 시간이면 언제나 그들은 나의 아버지에게 말했듯이
내게도 한결 같은 말만 되풀이했지

쿵쿵거리는 기계음이 돈바람으로 바뀔 수 있는지
내가 산이며 논이며 밭이었다는 사실을
아무도 모르게 될지도 몰라, 자기의 뿌리였다는 사실까지

농공 단지의 가로등 불빛이 별무리 지는 밤이면
산바람이며 들바람이 많이 그리웁다고
말갛게 울고 있는 그의 하소연을 듣기도 하지만

콘크리트로 진실의 실체를 덮어 버린 그 사람들
자기 맘대로 할 수 있는 일이 그리 많지 않잖아
지난달까지 부도가 난 공장이 절반이 넘는다지
미워하지는 마, 잘살아 보겠다잖아

먼 길

시원의
주름진 골짜기 파헤치니
푸른 강물이 우르르 흘러간다
뗏목에 몸을 싣고
짙푸른 속살 헤집어
어둑어둑해질 무렵 닿는 영월
삼옥 거리 주막집
불빛도 어렴풋이 눈을 뜬다
막걸리 한 사발 들이키고
다시 길 나서는 행객
칠흑 같은 어둠 속에
굽이치는 강물을 쫙 펼칠라치면
남루한 기억들이 강 저편에
아내의 얼굴로 굳어지고
굳어진 얼굴이 살얼음으로 일어서고
살얼음 허물고 강물 잡은 뗏목
정신없이 따라가며 노상 하는 말
이번 한 번만 뗏목을 타는 거야
꼭 이번만,

또다시 동강에 뗏목을 띄우지만
돌아가는 길은 언제나 멀고
먼 길 돌아와 보면 빈손인데
그 강물을 따라 끝도 없이
먼 길 가는 연습을 오늘도 하네

3부

생의 이력서

나 그대에게 어떠한 원망도 하지 않는다
비록 손아귀에 익은 열매 한 알 올려놓지 못했어도
산다는 것에 그저 목이 메었을 뿐
달빛 고운 날 창문 열고 천상에
유성 흐르는 빛을 보며
재던 세월의 거리는 어떤 속도였던가
빛의 모서리에 부딪혀 돌아오는
파장의 내용들을 마음에 담지 못하고
삶의 창고에 방치해 두었다가
대방출하는 날 몽땅 짊어지고 오르는 고갯길
헐떡거리며 따라온 버스는 잠깐의 휴식을 취하고
힘차게 내려가는데
나는 내려가는 길을 찾지 못해
허공 속 담담해진 시간 들추어
이미 마련되어 있는 기억들을
붉은 단풍의 뒷면에 꼼꼼히 적어 놓고 싶네

바람이 불면 툭하고
저녁빛에 낙화하는 환희처럼 볼 수 있게

기억

어디에서 보았을까
어디에서 만났던가
출근길 마주치는 사람 눈인사하고 지나가는데

인생 대출 상담하던 은행이었나
인생 경전 상담하던 파출소였나
아무래도 생각나지 않는다

편지에 우표 부치지 않고
우체통에 넣었던 날부터였던가
편지 내용은 이젠 기억조차 희미하고

내가 안 보이는 날
사무실에 전달된 우편물 한 통
자동차 유리창 오른쪽은 이미 까맣게 지워졌고
80㎞로 달려가면서 빠져나갔던 기억
조금 있으면 삶의 속도가 60㎞인데 내가 성급했나

고개를 갸웃거리다가

언제 9만 원으로 올랐지
과속 딱지 손에 들고 은행문 밀치고 들어가는데
눈인사 건네는 청원 경찰과 은행 직원

그랬었구나

돋보기

도수를 높여야겠다
요즘 들어 부쩍 침침해 오는
내 눈길

늦은 밤에
묵은 노래 지고 가다
등성이 걸린 바람이 서성이는 저 산골짜기
금이 나온다고 밤새도록
불도저로 정신없이 파헤치는데
(전원 주택 단지를 짓는다나 어쩐다나)

양쪽 눈 1.0인 내 시력이 노안으로
150도짜리 돋보기를 쓰고 보아도
금은커녕 은도 안 보이는데
허름한 마을 밖 별빛만 어지럽게 흩어진다

평생 그 땅을 일구던 내 이웃들
황금알 낳는 거위 버려 두고 어디 갔을까
점점 사람 구경하기 힘들어지는 산골

세상과 시간들은 갈수록 어긋나고
그 사람들 밥그릇이나 제대로 챙겨서 떠났는지

날이 밝는 대로
울타리 쳐진 공사장에서
멀찌감치 떨어져 살펴볼 요량이면
아무래도 돋보기 도수를 높여야겠다

나비, 산다는 것은

산다는 것은
나비의 날개로 허공을 툭툭 치는 일이다

어둠의 틀 안에 갇혀
딱딱한 표피 속 하늘의 음성이
바람의 이름으로 새겨질 때
아침이 내딛는 발자국에 맞춰 벗어나야 한다
벗어나야 한다

사람들은 봄만 되면 자기가
나비의 우화를 가장 잘 도와 줄 수 있는 사람이라고
여기저기서 봄을 물어뜯고 봄의 껍질을 벗겨 내고
높은 나뭇가지에 전등불 수없이 켜 놓고
좀더 많은 나비를 채집하지 못해 안달이다

언제쯤이면
마구잡이로 나비의 허물 벗겨 내는 일들이 멈추어질까
겨우내 편안했던 제 방의 벽을 뚫고 처음으로 빛을 보며
자유로운 날개 펼치려고 직립 보행을 서두르지만

아직은 멀었다
산다는 것은 아직 마르지 않은 날개에
허공을 툭툭 친 햇살이 내려앉아야 하는 것이기에

시간 달래기

벽시계를 흘낏 쳐다본다
퇴근 시간 10분 전
딱히 할 일도 없는 무료한 시간의 간극
차 밀린다고 자기들은 먼저 일어서고
집 가깝다는 이유로 땡시에 퇴근해야 하나

하릴없는 망상에 10분을 헤아리니 육백초
34년×365일×24시간×60분×60초=1,072,224,000초
가만 생각하니 아내와 난 참 오래도 살았다
그 오랜 시간 마주보며 산 시간은 얼마나 될까

무딘 세월을 내려놓으며 시간 속에 드러누워
벽에 걸린 시계를 재니
10분이나 늦게 간다는 것을 알았다
처음에는 그도 같은 시간의 속도로 달렸을 것이다
그러나 달리고 달리다 보니 삐걱거리는 삭신만 남아
시방 나는 늦어진 10분을 보충하기 위해
무진 애를 쓰고 있는 중이다

167cm

다를 눈치챘을 테지만
어쩌면 내 피에도
피그미족의 유전자가 섞여 있을지 몰라
햇볕 쨍쨍 내리쬐는 한낮에 더욱 작아진 내 그림자
애먼 발뒤꿈치만 들고 다녔지

저물녘 노을꽃이 곱게 필 때면
내 그림자도 길게 늘어져 그 시간만큼은
키 큰 여자와 밀회를 꿈꾸곤 했지

사막에 키 큰 낙타만 있는 것은 아냐
키 작은 도마뱀이 뜨거운 모래의 열을 식히기 위해
한 발을 들고 있다가 재빨리 달아나는 것을 보면
키높이 구두를 신고 겅중겅중 걷는
내 모습이 탄로나는 것 같아서
온몸을 다 보여 주는 전신 거울은 되도록 삼가지

한때는 어린왕자를 읽으면서
사막의 바오밥나무를 오르다가

나무 아래로 추락하는 꿈을
수없이 꾸며 견뎌 낸 세월이지만
내 나이 한 갑자 돌아올 즈음에도 여전히 162㎝에
깔창을 깔아서 운명같이 167㎝라면
더 이상은 무리일까

그래서 마음만 170을 훌쩍 넘겨 놓고
못다한 길이는 천상 다음 생으로 미룰 수밖에

나의 참회록

젊은 날의 정지된 삶 한 토막을 잘라
손바닥 위에 올려놓고
불이 나도록 비벼 보아도
손금 사이로 스미어 좀처럼 지워지지 않는다

저 곳은 나의 길이었다
가도가도 가늘고 위태로웠던 헛헛한 길이 아니던가

여명이 허공을 뚫고 오는
의문의 시간들을 뒤로 물린 채
화살 맞은 듯 비틀거리는 머리 위로 눈이 내린다

손바닥 위에서 지워져 간 젊은 날이
흰 눈으로 덮이고
젊은 날의 삶은 왜 여태껏 돌아오지 않는 것일까
내 이르지 못하는 오만가지 생각들로
참회의 눈물방울 푸른 통증으로 번지고

손금 사이로 스며든 젊은 날의 꿈 위에
여전히 시린 눈이 흩날린다

십일월에

새가 되어
십일월의 하늘에 날개를 편다

쪼아도, 쪼아도
상처 하나 없는 햇살 받아
더욱 두꺼워진 하늘

가을과 겨울 사이
숨결 멎은 낙엽들의 기도 시간
호랑나비처럼 날아와
붉은 단풍에 나래 접는
누님의 얼굴이 아쉬움으로 겹친다

봉숭아 꽃물 들여 주면서
첫눈 올 때까지 기다리면
첫사랑 찾아온다고 가르쳐 준 기억

그러나 말라 버린 풀꽃 반지 한 개
청춘의 강물에 떨어뜨려 놓고

서성거리는 사이
시나브로 떠나가는 십일월

이 고요를

한밤
큰 산에
눈꽃 피더니
높은 가지
제 깃털 헐어 내리며
천지간에 울음 우는
하얀 새의
언 가슴 안고 일어서는 산
서러워라
앙가슴 풀어헤친
무덤 속 그리운 이 있어
눈빛 밟고 가는
하릴없는 저 달
사붓사붓
옷자락 끄는 소리
성불은 접어 두고
설산에
저런 흰 달로 태어나
찾아보라 하네

나 혼자 찾아보라 하네
깊어질 대로 깊어진
이 고요를

슬픈 시詩

이제는 본향으로 돌아가야 한다
일배, 일배, 부일배, 올리는 붉은 노을
빨리 돌아오라고 조르는
달에게 길을 물어도 바람에게 길을 물어도
천지사방 눈으로 뒤덮여서 찾을 길 없으니

한 눈금만 더 살다 가겠다는
심장이 타들어 가는 시각
곡진하게 가슴 깊은 곳에 간직했던 그 말
너에게 시 한 편 바치고 싶었노라고

그대를 두고 떠나야 할 저승이 눈앞인데
안쓰런 영혼을 안고
푸른 강물 같은 설움이 흘러드는 밤에
눈 내린 논바닥에 자란자란 시를 쓴다

찬바람이 쏴– 하고 마을을 훑고 지나는
요령 소리 앞세운 영혼이 징한 놈의 세월을
하얗게 빗질하고 있는 산골짜기엔
바람에 업혀 온 신새벽이 흐느끼고

섬진강, 그 끝에

물빛 아쉬움으로
총총 피워 낸 매화 진자리

좌표 잃어버린 섬진강
수없는 들판을 지나
물길 끝을 표지하는 거기

버려진 난파선처럼
파도로 일렁이는 청보리밭 지나
수평선에 가라앉는 이승길
죽어서 갈매기나 될까나

비취빛 하늘
푸르게 헹구는 섬진강이
오늘은 왜 이리도 서러운지

어둠 예찬

어둠을 기다리는 것은
불을 밝혀야 할 이유가 있기 때문이다

밝은 대낮에도 칠흑 같은 어둠을
머리에 이고 사는 사람들
상처난 것들을 말없이 보듬으며
언제나 밝은 세상을 꿈꾸는 그곳

사람들은 빛을 차단하기 위해
고도의 기술로 고층 건물을 올리고
미혹의 손을 뻗어 스스로를 가두어 놓고
허상의 날개를 파닥이며 두려움에 떨고 있다

분명 어둠이 존재하지만
어둠 가운데 오래 머물 수는 없어
쓰러져 가는 빈집에 밤이 찾아들면
아득히 멀어졌던 얼굴들이 마당에 멍석을 펴고
마주앉아 나누는 이야기들

어둠이 아름답다고 속삭이는 것은
밤하늘에 모여드는 별들이
지나간 시절의 찬란한 불씨를 지피듯
정겨운 음성들이 거기에 있기 때문이다

양면성에 대하여

어둠 속 밤새워 별을 쫓는 산골
여름내 나뭇가지에 매달아 두었던
거미줄 걷어 내어 얼기설기 엮어 지은 온돌방에 누워
세상과 타협하지 않고 아픈 세월 함께 버티어 준
달빛 한 줄기 등불삼고
저 혼자 질주하려는 바람 붙잡아
비좁은 영역에서 나는 벽을 바라보며
벽에 부딪쳐 미세한 떨림을 감지하고 튀어 오르는
귀뚜리의 울음 소리까지 사랑하면서
내 쓸쓸한 존재감을 환기시키기 위해
아침에 눈뜨기를 게을리하지 않는다
그때 잘할걸, 좀더 나누고 살았을 것을 그랬지
계절의 각진 모서리에서
엊그제 눈인사 주고받았던 아름다운 단풍도
신의 영역을 침범하려다 사라져 간 것을 보았고
날마다 각혈하는 나뭇잎이 회한에 젖는 눈물도 보았지
존재하기 위해 한순간도 버리지 못해
안달하는 것은, 그들이 아마도 살아 있다는 증거
저 가벼운 몸짓으로

그들이 개발한 법칙을 나도 따라 해 보고 싶다
사라지거나 존재하거나 둘 중 하나만으로

타인

달빛
텅 빈 몸 안으로 들어와
멍든 가슴 앞섶 들치면
눈 내린 들판
나 맨발로 걸어나갈 수 있을까

차가운 발끝을 타고
시린 기운이 내 몸에 퍼져 와도
한천년 버티었다가
햇빛 깨어난 오후
온몸에 따뜻한 온기가 돌 때

떠나 다시 보내는 이별을
눈꽃으로 맞이할 수 있을는지
선잠 털고 일어서는
별 돋는 강가에서 동동거리는 발길

천 년 후에도
물안개 피우는 저 강은

모르는 척 눈감아 줄까
이별은 타인으로 돌아가는 것임을 알면서도

부엉이 우는 밤

뒷동산에서
이제는 아무도 들어 줄 사람 없는
부엉이 운다

부엉, 부엉,
인연은 가고 흔적만 남아
축 처진 어깨에
푸른 음표로 내리는 별빛 그리움
강물처럼 뒤척이던 그 밤이
이리도 애처로울까

부엉, 부엉
없어진 그림자 뒤에서
날선 사연으로 펑펑 울어대더니
간단없이 내리는 별빛마저
아스라이 가라앉으면
소나무 푸른 등줄기 타고 그대 오시려나

꽃처럼 피어날 때 만난 인연

천산 벼랑 끝에 핀
침묵의 말들을 참지 못해
부엉, 부엉

아무도 들어 줄 사람 없는
이 구슬픈 밤에

맞선

그 카페
처음 만난 남자는
커피를 시키고

그 카페
처음 본 여자는
주스를 주문한다

남자는
커피잔을 들면서
여자의 얼굴을 재빨리 훔쳐 보고

여자는
주스를 마시면서
남자의 손목시계를 본다

남자는
여자의 얼굴에서
자연으로 돌아가는 회귀 본능을 확인하고

여자는
남자의 시계를 보면서
인생의 재무제표를 계산한다

저들을 못 본 척
확인하는 다방 마담

유리창 속 풍경

어디서 날아들었을까
벌 한 마리가
유리창에 갇혀 버렸다

세상 밖으로 나가기 위해
수없이 부딪친다
투명한 유리창 밖의 세상을 향하여

열어 줄까 말까
어둠에 갇힌 내가 너에게 가는 길도
언제나 불투명했었지

강물이 흐르고 산이 깨어나는 봄날
문을 열어 놓자
반대편 거울로 날아가

자기의 날개와 날개끼리 부딪치며
설마 또 속으랴
거울 속으로 탈출을 시도하는
유리창 속 풍경

올가미

철사를 구부려 올가미를 만든다
슬픈 일이다 올가미에 걸려든 초췌한 음영들이
물비늘처럼 파닥거린다

유전무죄의 법칙은 어디에서나 통하나보다

돈이 많은 짐승들은 살아서
인간에게 수혈까지 해 주지만
돈이 없는 짐승들은 몸으로 보시를 하여
몸보신에 굶주린 불쌍한 창자를 채워 주어야 한다

가끔 그들은 반항을 시도하기도 한다
그들은 가끔 범인을 잡겠다고 거리로 뛰쳐나오지만
범인 근처에는 가 보지도 못하고
선량한 민폐만 끼친 채
피투성이로 뉴스를 장식하기도 한다

길 아닌 길을 더듬고 있는 그들이나
죽음의 돌파구를 찾지 못해 방황하는 그들이나

유혹에서 오는 올가미를 쉽게 뿌리치지 못하는 것은
마찬가지다

남한강에서

내 생은 어디에 두고 왔던가
강원남도 대덕산이 배 아파 낳은 자식들
먼 길 돌아 마침내 흐르는 강
한바탕 봄꿈 가득했을 생강나무 가지에서
동박새 푸드득 날아간 뒤
각진 세월로 와서 반짝이는 강물 따라
이쪽의 경계를 허물고
두루뭉술 둥근 세월로 흘렀으리라

푸른 그리움 억겁으로 낡으며
아침이면 물고기들이 비늘 털며 귀 쫑긋 세우는데
사내들은 일제히 뗏목을 끌고
강물 흘러가는 방향으로 떠나면
쓸쓸한 생의 기다림을 안고
한 무리의 여자들이 눈물을 떨궜으리라

이맘때쯤
강물은 또 다른 억겁을 준비하는데
천 년을 달려온 어떤 사내가

강 건너 한 여자에게 손을 흔들고 있다

일렁일렁 흩어지는 물이랑으로
흰 옷 입은 사람들 무등을 태우며
강물은 다시 먼 시간을 저울질하고

꼭짓점

마을 이쪽과 저쪽 사이 계곡물
맑은 시내를 이루어 지금도 흐르고 있듯이
그대와 나 사이 아직도 그 마음이 흐르고 있을까

옛날에 나는 기차가 지나는 선로가
항상 평행선을 이루며 달리듯이
영원히 하나될 수 없음에도
버들강아지 눈뜨기 시작하면 진달래 꽃마음 담아
그대를 만나러 징검다리를 건너곤 했지요

길이 끝나는 지점에 마을이 보이고
마을 끝에 자리잡은 작은 초가집
아스라해질 때까지

기차가 떠나간 뒤에도 멀리서 넋놓고
선로를 뚫어져라 바라보았지요
그러다가 새로운 사실을 알았지요
한없이 바라보고 있으면
선로도 끝에서는 마주친다는 것을

왜 진즉 몰랐을까요

색 바랜 문패가 고드름처럼 걸려 있는
그대의 대문 앞에서 기차가 내뿜고 사라진 연기처럼
그대 생각에 하얀 숨결만 내뿜습니다

그리움의 변주

한 번도 상처받지 않은 사람처럼 사랑을 하라 했던가
이것 또한 봄같이 찾아왔다가 지나가리라
그리움이란 녀석은 주머니 속 깊이 잠자고 있는
맹수처럼 때론 날카로운 이빨을 가졌다
주머니에 손을 넣을 때마다
뾰족한 이빨에 물어뜯기는 전율 때문에
당신도 이따금 몸서리치면서 꺼내 보게 될 것이다
비록 자신이 원치 않을 때라도 그것이 너무 날카로워
손에서 시작하여 가슴을 베이고
망치로 날카로운 끝을 무디게 두들겨
낡은 사진첩 뒤에 숨겨 두거나
오래된 일기장 속에 갈피를 해 놓고
잊고 있다가 무심코 주머니에 손을 넣었을 때
약간의 허전함뿐, 더는 다치지 않으리라
이제 당신은
어떤 이유로도 그리움을 무서워하지 않으리라
더 이상 당신을 괴롭히는 무기가 될 수 없음을
그러나 마음은 외진 들판에 내몰려
번듯한 고속도로처럼 질주해도

그 헛헛함은 짐승같이 물어뜯는 것만 못할 것이니
무디어 가는 법을 배워 어디다 쓸 것인가
그 낡아빠진 문장들로 어떻게 생을 변주할 것인가

혼자 가는 길

남김없이 주고 떠날 것들의
길을 열어 주는
그 숲의 작은 오솔길
저 혼자 왔다 저 혼자 돌아가는

숲의 그림자가 따라오는 시각
달이 기울면 나무의 그림자도 기울고
스스로 길 찾아나선 자작나무 군락을 따라
숲의 안쪽 길로 든다

더 협소해진 길에 이르러
가지와 가지가 부딪치듯 내가 나와 부딪힌다
넉넉한 빈 곳은 어디로 가고 삶을 껴안으며
부대끼며, 그리운 것들의 이름을 부른다

길이 끝날 때까지
한 번도 가 보지 못한 길을
나는 안다
혼자 가는 길이 거기 있다는 것을

겨울의 말

겨울 아침 입들이 온기를 품어 올린다
소리없이 다가오는 게
여느때보다도 차분하고 진지하다

겨울은 침묵의 말로 온다
저 온기의 말이 얼굴에 서려
안경을 벗어 닦는다
다시금 따스한 햇살에 비춰 본다

저 말이 차가워지자 흰 이끼처럼
주절주절 달라붙은 안구의 서릿발들
내 마음을 닦아 내지 못하는 체온이다

투명한 겨울의 말을 듣고 싶어
입김을 품어 내는 나는
아마도 소통 중인 것일까

정동진 해돋이

오세요, 내게로 오세요
길은 구불지고 험하지만
곧은 걸음으로 찾아오세요

새벽은, 수밀도 같은 파도를
바다의 심장 깊숙이 숨겨 놓고
해원을 향한
먼 염원의 빛을 주섬주섬 챙기는 거기

대관령 안개가
산 정상의 뒷덜미를 낚아채듯
자신의 존재를 바다 위에서 낚아 올리는 저 황홀한 빛은
전생의 기억을 잃어버리지 않으려고 발버둥치던
어머니 자궁 속의 나였을지도

이렇듯 안간힘을 쏟으며
태양이 은밀한 바다의 유혹에서 벗어나려는 몸부림은
삶의 번뇌를 뜨겁게 태워
빈 마음으로 태어나려는 신이 허락한 시간이기에
정동진의 맥박이 오늘도 숨가쁘다

붉은 단풍의 뒷면에 그리움을 적다

홍 기 정(문학평론가)

　서동안의 시에는 자연이 많다. 자연 중에서도 식물이 많고, 식물 중에서도 꽃이 많다. 아카시, 안개꽃, 산국, 달맞이꽃, 바람꽃, 목련, 밤꽃, 수선화, 금낭화, 민들레, 매화 등 종류도 다양하다. 식물, 특히 꽃을 그린 시에서 서동안은 자주 그리움과 기다림을 이야기한다. 식물도 꽃도 스스로 몸을 움직여 다가갈 수 없는 것들이기에, 그리고 일 년 중 한때 푸르고 붉게 피어났다가 시들고 져버리는 것들이기에, 그것들은 그리움이나 기다림의 정서와 잘 조응한다.

　식물과 꽃에 대한 관심, 그리고 그리움과 기다림의 정서는 서동안 시에서 만나 어떤 본원적 서정성을 만들어낸다. 식물을 바라보는 서동안 시의 화자는, 식물의 마음으로 끊임없이 무언가를 그리워하고 기다린다. 그 대상은 대개 멀리 있는 어딘가이고 또 멀리 있는 누군가이다. 그것은 누추하고 속물적인 현실과 대비되는, 순수한 근원에 가까운 어딘가이고 누군가이다.

낭만적 서정의 전통을 충실하게 따르는 이러한 구도는
서동안 시에서 자주 반복된다. 「탈출을 꿈꾸는 춘란」은
그 구도를 특히 선명하게 보여준다.

솔바람 부는 숲에서 푸른 꿈에 젖어 있다가
새벽도 이른 시간에 느낌 없이 쳐들어온 불도저에
정신없이 쫓겨나느라고 신발 한 짝도 챙기지 못한 체
겨우 몸뚱이만 빠져나온 철거민처럼

어느 날 누군가 불쑥 찾아와
가난한 몸뚱이를 무 뽑듯이 쑥 뽑아 올리는 바람에
잠시 기절 하였다가 삼 일 만에 깨어난 창가
솔바람 한 점 흐르지 않고 산새 날갯짓도 보이지 않는다

간간이 불어오는 바람이 창문에 달라붙어
숲의 이야기를 들려 주었지만
유리창은 웅웅거리는 소음으로 귀만 먹먹할 뿐

천막 속 잠들어 있는 아이의 얼굴을 들여다보며
겹겹이 둘러친 재개발 간판에 엄습해 오는 새벽의 공포
보다
축축한 물기가 있는 흙이 그리웠는지도 모른다

콘크리트 건물들이 빽빽하게 들어선
한 뼘도 안 되는 작은 숲을

살기 좋은 온실 속이라고 하지만
맑은 영혼까지 살라먹는 인간의 거리를 지나
차라리 나를 불타는 사막으로 보내다오

조용한 탈출을 꿈꾸는 것도 죄가 되지 않는다면
진정 내 살던 곳으로 보내다오
ㅡ「탈출을 꿈꾸는 춘란」 전문

　시인이 이 작품에서 그리고 있는 것은 춘란이다. 그것
은 본래 숲에 살고 있던 것인데, 누군가의 손에 채취되
어 아파트 베란다 창가의 작은 화단이나 화분에 옮겨 심
어진 모양이다. 화자는 그 춘란의 모습에서 숲을 향한
강한 그리움을 읽는다. 숲은 솔바람과 산새들의 지저귐
이 가득한 순수 자연의 세계이다. 그러나 현재 춘란이
놓여 있는 공간은 그곳으로부터 멀리 떨어진 콘크리트
인공 구조물의 세계이다. "간간이 불어오는 바람이 창문
에 달라붙어/ 숲의 이야기를 들려 주었지만/ 유리창은
웅웅거리는 소음으로 귀만 먹먹할 뿐"이라는 구절을 보
자. 이 구절에는 숲을 향한 춘란의 그리움이 매우 감각
적으로 표현되어 있다. 여기서 춘란은 의인화되어, 멀리
떠나온 고향 마을을 그리워하는 도시 실향민의 모습을
하고 있다. 춘란은 도시의 창문가에서 숲을 지나 불어오
는 바람의 기척을 느끼지만, 그 냄새를 맡지 못하고 다
만 바람이 창문에 부딪쳐 울리는 소리만을 들을 수 있을

뿐이다.

화자는 춘란의 안타까운 모습에서 철거민의 모습을 떠올린다. 화자와 동일시되어 있는 철거민은 살던 집을 불도저에게 내주고 위태로운 천막 생활을 경험한 자이다. 그러나 그에게 정말 문제가 되었던 것은 당장의 생활상의 어려움보다도, 더 이상 밟지 못하게 된 "촉촉한 물기가 있는 흙"에 대한 그리움이었을지도 모른다고 현재의 화자는 말한다. 그 그리움은 천막을 떠나 아파트에 살고 있는 오늘에까지 이어져, 그로 하여금 "진정 내 살던 곳으로 보내다오"라는 간절한 망향가를 노래하게 한다.

이처럼 서동안은 본향으로서의 순수 자연에 대한 그리움을 자연물, 특히 식물과 꽃에 의탁하여 풀어 낸다. 앞에서 식물에 대한 관심과 더불어 나타나는 서동안 시의 주요 정서가 그리움과 기다림이라고 했는데, 과거 지향적인 그리움과 미래 지향적인 기다림이 자주 공존하여 나타나는 이유가 여기에 있다. 순수 자연의 세계는 우리가 떠나온 과거이면서 동시에 우리가 돌아가야 할 미래이기도 하다. 그래서 그것은 그리움의 대상이면서 동시에 기다림의 대상이 된다.

서동안 시에서 그리움과 기다림의 대상은 자주 봄이라는 계절로 나타난다. 특히 꽃을 소재로 한 작품에서 그런 경우를 많이 볼 수 있다. 봄 한 철을 기다려 피었다 지는 꽃에게야 당연히 그리움과 기다림의 대상은 봄이 될 것이다. 그러나 이러한 작품에서도 정작 문제가 되는

것은 봄 자체라기보다 잃어버린 순수 세계이다. 서동안
시의 화자들은 자주, 잃어버린 순수를 그리워하고 기다
리는 자신의 심정을 봄을 그리워하고 기다리는 꽃의 처
지에 의탁하여 표현한다. 꽃 시리즈 중 가장 아름다운
작품의 하나인 「아카시꽃」을 보자.

더러 밤길을 터덕거리고픈 날
안개로 떠다니는 섬 같은 향기
턱밑까지 그윽이 밀려와 넘실넘실 차오르면
흰 그리움으로 흔들리며 피는 꽃

그리움도 비워야 채워진다
그리움도 비워야 채워진다
수없이 다짐하다가 떨어지는 꽃

마음을 밀어 낸 다음에야
거울 속 자화상처럼 투명해지는 것을
한 때 꼬투리 속에서 꼬들꼬들 말라 가며
까만 씨로 길들여지기까지 지독한 슬픔도 있었으니

꿈결 같은 이승으로 살그머니 돌아와
오직 봄밤을 위해
향기 반 빛깔 반 내려놓고
돌아갈 채비 서두르는 흰 꽃송이
어둠 속에 그리움 내려놓는 거기 어디쯤

내 그리움도 묻혀놓고 싶다

— 「아카시 꽃」 전문

'아카시'는 우리가 흔히 아카시아라고 잘못 알고 있는
나무의 제대로 된 이름이다. 낙엽수인 아카시와 상록수
인 아카시아는 분류학상으로 다른 계통에 속한 별개의
나무 종이다. 이 시의 시간적 배경은 아카시꽃이 한참
피었다가 막 지기 시작할 무렵의 어느 밤이다. 밤 산책
길 가득한 진한 아카시꽃 향기의 후각 이미지 묘사가 인
상적이다.

이 시에서도 아카시꽃은 그리움과 연관되어 그려진다.
그 그리움은 두 가지로 해석될 수 있는데, 하나는 꽃이
피어나는 시기인 초여름에 대한 아카시꽃의 그리움이
고, 다른 하나는 아카시꽃과 연관된 유년 시절에 대한
화자의 그리움이다. 화자는 어린 시절 아카시나무 가득
한 숲 향내에 파묻혀 그 꽃을 따먹으면서 놀기도 했던
것 같다.

아카시꽃이 피었다 지는 과정을 그리움과 관련지어 바
라보는 화자의 시선은 독특하고 흥미롭다. 화자가 보기
에 아카시꽃은 지난 여름에 대한 그리움을 간직한 채 피
어나며, 화창할 때의 그리움을 간직한 채 시들어 간다.
그리고 그 그리움을 비워 내면서 떨어져 내린다. 꽃이
말라 가는 것을 꽃의 그리움이 깊어지는 것으로, 꽃이
떨어져 내리는 것을 그 그리움을 놓아 버리는 것으로 연

결시키는 상상력이 재미있다.

이것은 또한 아카시꽃을 바라보며 과거를 떠올리는 화자의 감정 변화를 나타내는 것이기도 하다. 활짝 피어난 아카시꽃을 바라보며 잃어버린 세계를 그립게 떠올린 화자는, 그 꽃이 시들어 가는 동안 그리움에 간절함을 더하게 되고, 마침내 그 꽃이 떨어져 내리는 순간 그 그리움을 내려놓게 된다. 그러나 떨어져 내리는 꽃처럼 그리움을 아주 내려놓게는 되지 않는다. "한때 꼬투리 속에서 꼬들꼬들 말라 가며/ 까만 씨로 길들여지기까지 지독한 슬픔도 있었으니"라는 구절과 "오직 봄밤을 위해/ 향기 반 빛깔 반 내려놓고/ 돌아갈 채비 서두르는 흰 꽃송이/ 어둠 속에 그리움 내려놓는 거기 어디쯤/ 내 그리움도 묻혀 놓고 싶다"라는 구절에 주목해 보자. 화자는 한때 그리움으로 심한 가슴앓이를 하기도 했으나 이제는 마음에 좀 여유를 갖게 된 듯하다. 그러나 여전히 그리움에서 자유롭게는 되지 않았다. 아카시 꽃으로부터, 그는 조금 더 여유롭게 그리워하고 기다리는 법을 배우려 한다.

2. 어린 시절과 어머니

서동안의 시에는 자연이 많다. 그리고 어린 시절이 많고 어머니도 많다. 할머니와 아버지도 많다. 어린 시절

과 어머니, 아버지, 할머니를 그린 작품들의 주된 정서
는 역시 그리움이다. 정겨운 어린 시절을 그릴 때에도,
어머니, 아버지, 할머니의 고단한 삶을 그릴 때에도 그
하나하나의 장면에서는 그리움이 묻어난다. 어린 시절
은 가난하다. 어머니, 아버지, 할머니도 가난 속에서 고
생하신다. 그러나 어린 시절은 따뜻하다. 어머니, 아버
지, 할머니도 고생 속에서 따뜻하시다. 어린 시절과 부
모님들의 가난하고 따뜻한 이야기들은 때로 부유하고
속악한 현실과 대조되어 현실 비판의 색채를 띠기도 한
다. 그러나 비판보다는 그리운 추억을 되살리는 것이 이
러한 이야기들의 첫째 목적으로 보인다. 이러한 작품들
은 이 시집의 2부에 묶여 있다.

> 돌멩이 한 개씩 던져서
> 켜켜이 쌓아 올린 서낭당 돌무더기
> 가슴 아픈 소원들이 너무 많아
> 어떤 소원부터 들어 주어야 할까
> 세상에는 이루어야 할 소원도 많고
> 버릴 소원도 많지만
> 지은 죄만은
> 천지신명께 빌어 꼭 용서받아야 한다고
> 참외 서리했던, 날 대신해서
> 두 손 모아 손자의 죄를 빌어 주시던 할머니
> 돌멩이들이 저희들끼리 하는 말
> 진짜로 죄 많은 놈은 코빼기도 안 보이더라

밤새 퍼부어대던 장맛비도 그치고
동구 밖 서낭당에 하나씩 쌓아 올린
채워지지 않는 이야기들이
돌무더기를 껴안은 체
흙 속으로도 뿌리 내리지 못한 소원들이
어느 세월에 하늘에 닿을 수 있을까
서낭당 나뭇가지에
울긋불긋 천 조각처럼 걸린 마음
그 밤 내내 울고 있었다
　　　　　　　　－「하나씩 쌓아 올린 이야기」 전문

「하나씩 쌓아 올린 이야기」는 화자의 어린 시절 이야기
이다. 아마도 어른이 된 화자가 고향 마을에 가 어린 시
절의 추억이 서린 서낭당을 보고 떠올린 한 자락의 기억
같다. 그 기억 속에는 참외 서리가 있고, 서낭당이 있고,
서낭당에서 소원을 빌고 용서를 비는 사람들이 있다. 특
히 참외 서리한 손자의 손을 이끌고 서낭당으로 가 천지
신명께 용서를 비시는 할머니가 있다.

　속악한 현실에 대한 비판도 있다. 그것은 "진짜로 죄
많은 놈은 코빼기도 안 보이더라"라는, 서낭당에 쌓여진
영험한 돌멩이들의 자기들끼리의 말에 담겨져 있다. 그
러나 현실 비판의 맥락은 크지 않다. 그보다는 순박한
시골 사람들의 풍습에 담겨진 순박한 마음, 지금은 잃어
버린 그 깨끗하고 정겨운 마음의 세계를 되살려 놓는 것

이 이 시의 주된 관심이라 할 수 있다.

이 토속적인 세계의 작은 마을신은 신통력이 좋지 않다. 쌓인 돌멩이들의 수만큼 소원도 많고 사연도 많지만, 모든 것을 들어줄 수 있는 힘은 없다. 쌓여 있는 돌멩이들은 그저 거기에 돌을 쌓아 놓은 순박한 사람들의 바람이나 하소연 같은 것들이 얼마나 많고 큰가만을 보여줄 수 있을 뿐이다. 대개 이루어지지 않은, 가난하고 순박한 사람들의 허망한 바람과 하소연들일 가능성이 크다. "서낭당 나뭇가지에/ 울긋불긋 천 조각처럼 걸린 마음/ 그 밤 내내 울고 있었다"의 구절에 나타나 있는 것은, 돌무덤으로 쌓여 있는 그 허망한 바람과 하소연들에 대한 연민, 그리고 자신의 손을 이끌고 그 돌무덤에 작은 돌멩이 하나씩을 올려놓고 빌던 할머니에 대한 그리움이다.

어린 시절 풍경과 함께 이 시집 2부에 실린 작품들이 자주 그리는 대상은 어머니이다. 그리고 할머니와 아버지가 있다. 어머니를 그린 시에서나 할머니와 아버지를 그린 시에서나, 배경은 모두 가난한 시골 마을이다. 그곳에선 어머니도 아버지도 할머니도 가난하고 고단한 삶을 살아가는 질박하고 선량한 사람들로 그려진다.

구두쇠 남편에 한없이 쪼들리는 생활이었기에
육남매 학교 갈 때마다 돈 달라고 손 벌리면
엊저녁에 미리 얘기하지 아침에 꼭 그런다고 나무라시며

앞집으로 뒷집으로 아침 골목을
무명치맛자락으로 쓸고 다니시던 어머니
　　　　　　　　　　－「두부를 먹다가」 부분

나는 오늘도 학교를 간다
아버지는 괭이 들고 여시바우골 논으로 가고
어머니는 호미 챙겨 들고 막걸리 한 주전자 숨겨 놓은
범청골 콩밭으로 간다
읽고 쓰고 공부만 열심히 하라시던 아버지
논밭 갈고 씨 뿌려 김매고 잡초 뽑는 일은
당신들이 하신다고

이제 나는 자가용 타고 출근을 한다
아버지는 지팡이를 짚고 마을 앞 모정으로
어머니는 구부정한 허리에 복대를 차고
뒷집 큰이모네 집으로 모닝커피 마시러 간다
지팡이 자랑, 복대 자랑 하시러
　　　　　　　　　　－「예전에 그랬듯이」 부분

어린 시절
하루도 바람 잘 날 없던 집
어느 한 모서리가 무너져도 그러려니 했는데
이제는 집 나간 식구들 사진틀에 걸어 놓고
조석으로 바라보며 주문 외우듯
이야기 나누시는 어머니

지난 추석
종갓집으로 시집간 누이가
삼십 년 만에 어렵게 시간을 내어 사다 준 붉은색 상의를
횃대에 걸어 놓고 맏딸이라고 소홀했던
지난날이 원망스러워
복을 빌어 주시는 어머니

– 「유리창 밖 풍경」 부분

「두부를 먹다가」에 그려진 것은 어린 시절의 한 장면이
다. 여섯 명이나 되는 아이들이 아침에 학교 갈 준비를
하면서 준비물 살 돈을 엄마에게 요구한다. 큰돈은 아니
겠지만, 엄마는 그 정도의 돈도 평소 집에 두고 있지 않
아서 "엊저녁에 미리 얘기하지 아침에 꼭 그런다"고 나
무라시고는 이웃집에 돈을 꾸러 가신다. 필자에게도 이
와 같은 기억이 있는 걸 보면, 가난했던 옛 시절 학생 있
는 집에서는 드물지 않게 있었던 일 같다. 어쩌면 이런
상황은 집에 아예 돈이 없어서가 아니라 잔돈이 부족해
서 더욱 자주 발생하곤 했을 것 같은데, 화자는 가난한
살림살이 자체가 문제였던 것으로 기억한다. 가난 속에
서 자식들을 키우고 챙기며 자주 부끄럼을 무릅쓰기도
해야 했던 어머니에 대한 기억을, 그립고 고맙고 죄송한
마음을 담아 인상적으로 그려 내고 있다.

「예전에 그랬듯이」에서는 옛날과 오늘날의 어머니 아
버지의 모습이 그려져 있다. 옛날 장면에서는 공부하는

자식들 뒷바라지하며 스스로 고된 농사일을 전담하시는 모습이 그려져 있고, 뒷부분에서는 장성한 자식들이 보내준 선물을 여기저기 자랑하러 다니시는 모습이 그려져 있다. 옛날이나 지금이나 알뜰하고 순박한 모습에 변함이 없으며, 자식을 먼저 생각하는 마음에도 변함이 없다. 이런 부모님을 향한 화자의 마음은 역시 그리움과 고마움과 죄송함이다. 그분들의 건강했던 모습에 대한 그리움, 고생스럽게 키워 주신 데 대한 고마움, 더 잘 돌봐드리지 못하는 것에 대한 죄송함 등이 한데 녹아들어 있다.

「유리창 밖 풍경」에 그려진 것은 오늘날의 어머니의 모습이다. 옛날에는 여섯 아이들이 어울려 자라는 통에 집안이 온통 시끌벅적했었는데, 자식들이 모두 떠나간 시골집은 이제 조용하기만 하다. 그런 집에 쓸쓸히 남아 자식들의 사진을 바라보며 이야기를 나누시는 어머니의 모습은 안쓰럽기까지 하다. 어머니는 (아버지도 그렇겠지만) 젊어서는 자식들을 위해 고생하시고, 늙어서는 자식들에게 짐이 되지 않으려 편한 삶을 마다하신다. 이런 어머니의 모습은 여러 작품들에서 자주 발견된다. 간혹 자식들에게 소홀히 했던 부분에 대해선 미안한 마음을 갖고 계시기까지 하다. 시집 간 맏딸이 보내준 선물을 보며 "맏딸이라고 소홀했던 지난날이 원망스러워/ 복을 빌어 주시는" 어머니의 모습은 우리의 마음을 뜨겁게 한다.

자연을 묘사한 작품들보다도 어린 시절과 어머니의 모습을 그려낸 작품들에서 서동안 시인의 장점이 더 잘 살아나는 것 같다. 그런 장면들 속에 녹아들어 있는 그립고 고맙고 죄송한 마음은 매우 진실된 울림을 갖는다. 그것은 독자의 마음속에서 공명을 일으킨다. 묘사된 장면 자체도 더 생기 있는 모습을 하고 있다. 자연을 그린 작품들에 더 심오한 주제 의식이 구현되어 있을지 몰라도, 마음을 울리는 호소력 면에서 어린 시절과 어머니의 모습을 그린 작품들은 더 큰 매력을 갖는다.

3. 자화상

1부에 묶인 작품들이 자연을 그린 정물화나 풍경화, 2부에 묶인 작품들이 어린 시절과 어머니를 그린 인물화나 인물 위주의 풍경화에 가깝다면, 3부에 묶인 작품들은 자기 자신을 그린 자화상에 가깝다고 할 수 있다. 이 작품들 속에는 자기 자신과 관련된 잡다한 이모저모가 담겨져 있다. 작은 키 같은 생김새에 관한 이야기가 있고, 과속 벌금 낼 때의 경험이나 퇴근 시간을 기다릴 때의 마음 같은 사소한 일상 경험이 있다. 젊은 날의 꿈에 대한 회한이나 가는 세월에 대한 아쉬움이 있고, 섬진강이나 남한강의 풍경을 보면서, 또 부엉이 소리를 들으면서 느끼는 상념의 술회가 있다. 가까운 이의 죽음과 관련된 추모의 마음, 개발 바람에 파헤쳐지는 산골 마을을 바라보면서 느끼는 분노의 마음이 있다. 어긋난 인연을 떠올리며 느끼는 그리움이 있고, 인생이란 무엇인가와 같은 무게 있는 주제의 인생론도 있다.

이 다양한 내용의 시편들은 한데 모여 모자이크처럼 시인 서동안의 자화상을 만들어 낸다. 그 한 편, 한 편을 살펴볼 수는 없기에 여기서는 자화상의 성격을 가장 뚜렷이 보여주고 있는 「생의 이력서」 한 편을 꼼꼼히 들여다보기로 한다. 그럼으로써 긴 해설글의 마무리를 삼고자 한다.

나 그대에게 어떠한 원망도 하지 않는다
비록 손아귀에 익은 열매 한 알 올려놓지 못했어도
산다는 것에 그저 목이 메었을 뿐
달빛 고운 날 창문 열고 천상에
유성 흐르는 빛을 보며
재던 세월의 거리는 어떤 속도였던가
빛의 모서리에 부딪혀 돌아오는
파장의 내용들을 마음에 담지 못하고
삶의 창고에 방치해 두었다가
대방출하는 날 몽땅 짊어지고 오르는 고갯길
헐떡거리며 따라온 버스는 잠깐의 휴식을 취하고
힘차게 내려가는데
나는 내려가는 길을 찾지 못해
허공 속 담담해진 시간 들추어

이미 마련되어 있는 기억들을
붉은 단풍의 뒷면에 꼼꼼히 적어 놓고 싶네

바람이 불면 툭하고
저녁빛에 낙화하는 환희처럼 볼 수 있게,
　　　　　　　　　　　－「생의 이력서」전문

「생의 이력서」는 시와 삶에 대한 시인의 태도를 선명하게 보여주는 작품이다. 첫머리에서 화자는 "나 그대에게 어떠한 원망도 하지 않는다/ 비록 손아귀에 익은 열매 한 알 올려놓지 못했어도/ 산다는 것에 그저 목이 메었을 뿐"이라고 말한다. 여기서 '그대'란 운명이나 시詩 같은 것으로 이해해 볼 수 있다. 시인으로서 화자는 스스로 높은 성취에 이르지는 못했다고 생각하는 것 같다. 그럼에도 화자는 그것에 대해, 나를 찾아와 주지 않은 천재天才에 대해 원망하지 않는다고 말한다. 무언가를 이루기 위한, 어딘가에 이르기 위한 시쓰기가 아니라, 삶 자체에서 비롯된, 삶 자체로부터 우러나온 시쓰기를 해 왔기 때문이다. 나를 목메게 한 삶의 순간순간들의 기록이 곧 나의 시이므로, 그것은 다른 무엇보다도 그 삶을 살아온 나 자신에게 깊은 의미가 있다.

"헐떡거리며 따라온 버스는 잠깐의 휴식을 취하고/ 힘차게 내려가는데/ 나는 내려가는 길을 찾지 못해/ 허공 속 담담해진 시간 들추어/ 이미 마련되어 있는 기억들을/ 붉은 단풍의 뒷면에 꼼꼼히 적어 놓고 싶네"라는 구절에도 주목해 보자. 가파른 삶의 고갯길을 오르다가 마루턱에 이르면 그간의 행보를 정리하고 내려가는 길을 살피는 것이 대개의 삶의 과정이다. 시쓰기 역시 그러하다. 그러나 화자는 어느만큼 올라서도 여전히 사랑을 놓지 않는다. 그는 인생의 가을에 이르렀으며 그가 지닌 이파리들은 이제 단풍 들었다. 자연의 순리에 따라 정리할 때가 된 것이다. 하지만 그는 여전히 "붉은 단풍의 뒷면"에 시쓰기를 소망한다. 그가 단풍의 앞면이 아닌 뒷면에 시를 쓰겠다고 하는 이유는, 그에게 있어 우선되는 것이 시보다는 삶이기 때문이다. 그는 삶을 살고, 그 한 켠에 시를 위한 자리를 마련하여 시쓰기를 이어가고자 한다. 그 자리는 겉으로 쉽게 드러나 보이지 않고 가려져 있는 자리이다. 그러나 오히려 빛나는 진실이 그려진 뒷면이다.

이 시는 시와 삶을 대하는 서동안 시인의 태도를 선명하게 보여준다는 점에서 '서시'라는 이름을 붙여도 좋다고 여겨진다. 이 시집이 서시일 뿐만 아니라, 시쓰기 작업의 서시이며, 또한 삶의 서시라는, 조금 거창한 의미를 부여해도 괜찮을 것 같다. 삶의 나뭇가지에 달린 단풍물 든 이파리 뒷면에 씌어지는 그 진실된 기록이 늘 새롭게 새겨지고 또 오래 향기롭기를 기대한다.